김재분 시집

내 안의 연못

새미

내안의 연못

초판1쇄 2001년 11월10일 / 지은이 김재분 / 펴낸이 김태범 / 펴낸곳 **새미** / 등록일 1994.
3.10 제17-271 / 편집 김유리 · 김수진 · 황충기 / 영업 한창남 · 김상진 · 선현영 / 총무 김태
범 · 박아름 / 물류 정근용 / 마케팅 정찬용 · 이충섭 / 인쇄 박유복 · 김기종 · 이정환 · 한주연

주소 서울시 강동구 암사 4동 452-20 럭키빌딩 301호

www.kookhak.co.kr, E-mail : kookhak@orgio.net

ISBN 89-89352-88-6   03800, 가격 6,000원

내 안의 연못

책 머 리 에

부끄러움과 떨림으로
자꾸 붉어지는 마음 감추며 첫 시집을 냅니다
그 동안 시를 공부하면서 시를 쓴다는 것은 내 삶의 의미
가 되었으며 푸른 영혼을 일으켜 세우는 구원이었습니다
신이 내게 내어준 또 하나의 새로운 길이었습니다.

살아오는 동안 많은 행운을 만났습니다
시에 대한 열정뿐인 나에게 서툰 걸음 지켜보시며 첫 시집
을 태어나게 지도해 주신 채수영 선생님께 감사드립니다
그리고 사랑으로 이끌어준 새풀 동인들에게도 고마운 마음
전합니다

묵묵히 지켜보아 주고 격려와 용기를 준 가족들과 기쁨을
같이 하고 싶습니다

　늦은 세월 시의 세상에서 살게 된 것을 기뻐하며 성숙한
모습으로 일어서겠습니다

2001년 가을에

김 재 분

차 례

제1부

내 안의 연못

마 음

하루에도 몇 번씩
생각하다가

하루에도 몇 번씩
생각 않기로

돌아 선 마음을
또 다른 생각이 가로막는데

천 번은 더
불렀다 한다
만 번도 더......

속으로
속으로만 부르는
나르시스

내 안의 연못

오랜동안
수련을 키우던
연못이었네

푸른 고뇌의 수면
흐름을 갈망하는
날
빗물 쏟아져
흘러 넘쳐도

범람하는 생각들
안으로, 안으로
스며들어

내 안의 연못
날마다
날마다
흐르는
꿈

달팽이의 꿈

햇살이 두려운 나는
온 몸을 말아 넣고
속으로, 속으로만 잦아들어
이 꿈 저 꿈 꾸어 보면서
살아온 나날들

껍질 단단한 작은 집에서
날개를 꿈꾸면
가슴을 비집고 들어오는
바람
가느다란 손끝 내밀어
젖은 길을 찾을 때
이슬 내린 넓은 잎새 뒤에서
부르는 소리

꿈만 키우던 나는
손끝에 닿은 기쁨 하나 둘......
눈, 귀, 입 다 열어
먼 곳의 나의 꿈을 부른다

이 저녁 사색

물
한 컵 따라 놓고
들여다 본다
별빛도 담아 놓고
들여다 본다

문득
부끄러워지는
나

마신다,
별빛도
마셔 본다

물빛
별빛
내 가슴에

이 저녁

밝아지는 내
마음

불 꽃

내 마음의 빈자리
시시로 다독이지만

그대
어지러운 소리는

두렵고,
위태롭고,

가슴에 닿는 말
조용히 가두는
불꽃

그 소리가
한때의 위안이 된다 한들
연기로 날려야 한다

선뜻
지우지 못하는

또 하루
사랑한 모든 것이
지금
나를 건너가고 있다

매 미

속울음을
풀어낸다

긴 기다림도
풀어낸다

시퍼렇게 일어서는
내 가슴
오늘은
매미소리에 얹힌다

온 몸으로 소리쳐도
들리지 않는
기진한 오늘
다시, 모든 것
비움으로 채워지는

소리로
풀어낸다

소리로
태어난다

파 도

무엇을 주려고 그렇게
달려오느냐

노래를 싣고 오더니
무지개를 달아 주더니

오늘은 또
무얼 주려고 달려오느냐

노을 젖은 그리움,
눈물을 싣고 왔구나
아픈 추억 밀어 올리는 바람
이별도 싣고 왔구나

또 무엇을
이제 또 무엇을

그렇게......
달려오느냐

떠나려는 것
보내려는 것 다 거둬 가다오

북 소 리

벼랑 같은
나날
서성거리는 生
한 소원 올려
하늘에 닿도록
힘껏 내리친다
한 번,
두 번,
세 번......

다시, 기를 모아
북채를 굴린다

가쁜 숨 몰아쉬면
솜털처럼 가벼워지는
마음이여

세 월

만삭된 딸애 모습
젊은 날 나를 보네

그 모습
대견하여 내 마음 웃음일 때

지난 날 어머니 미소
지금에사 알겠네

산후조리 보살피려
딸 네 오신 어머니

나를
안고 반기는 딸
그 옛날의 내 모습
그 시절

그리워하며 손을 잡고
지냈네

호 수

실바람에도
흔들리는
얼굴

바람 구름
물 위에 뜨면
흐르고 싶은
욕망

쏟아 지는 달빛
그 간절한
파문

기나긴 외로움
산 그림자
가슴에 안던
날

능 소 화

높은 곳
살고 싶어 하늘로만 오른 줄기
눈부시게 꽃 피워도
홀로는 설 수 없어
버팀목
숨은 애정은
우리네 모습이네

휘 파 람 새

저 휘파람새는
무슨 사연 있기에
밤마다
저렇게 울어대는지......

오늘 밤
또 울며 멀어지는 소리
떠난 사랑 부르는 소리일까
가슴에 남겨 둔 한숨인가

이 밤
같이 울고 싶어지는
내 마음

어떤 미소

풀꽃 반지
끼워 주었네
소년이

풀꽃 시계
채워 주었지
소녀도

둘이는
그냥
웃기만 했네

우 암 산 에 서

구름이 더는 머물 수 없다고 합니다
바람도 이제는 떠날 때라고 합니다
그러나
나뭇잎은 나에게
더 이상 흔들리지 말자고 합니다

떠나고 보내는 의연한 모습
이제야 압니다
풀꽃들 다소곳이 피고 지는 사이
새들의 날개를 키우는 사이
계곡의 물소리 푸른 길을 찾는데

산은 나에게
길을 하나 내자고 합니다
떠나고
보낸
빈 자리에 오솔길
하나

물소리
새소리
내 노래소리.

저 녁 노 을

노을처럼 아름다운
뒷모습 갖고 싶다
날마다
다독이면 그 모습
닮아질까
짧은 시간 살면서도
빛나게 떠나는
내 생애
떠나는 길도
노을처럼 고왔으면

돌 탑 아 래 서

마음을
포개 놓고 간
탑 아래서
나를 만난다

마음과 마음
돌 하나 얹는다

사람들을 위해
다시 또 하나
돌을 포갠다

시선의 끝에서
아지랑이처럼
피어오르는
얼굴

바람 한 자락
옷깃을 스쳐간다

저 수 지 에 서

- 겨울가뭄

허허한 마음 채워 주던
물너울 물가
문득, 둑에 선 오늘
뚝, 떨어지는 가슴
다잡을 수 없는
떨림
면면히 이어지던 물결, 거기
희망을 건지던 사람들
물고기 놀던 비밀한 자리
눈부신 햇살의 조각들......
다 어디로 갔단 말인가
갈대들만 치솟아 마구 소리친다

때아닌 겨울 가뭄
모두 떠나고 다 놓쳐버린
그래
삶은 그렇게 만만치 않다는 듯
갈댓닢 우는 소리 가득한 세월

언뜻 스치는 바람 한 자락
그나마 희망을 실으면
부신 햇살에
물새의 노래 들리는
다시 큰 물 드는 날
이 물가 풍요로운 시절은
기어이 오려니

그 네 위 에 서

네 날개 위에
나를 싣는다
내 무게만큼 무거워진
날개
다시 흔들어 보지만
고개만 끄덕인다

힘껏 발을 구른다

출렁이는 날개
둥글게 길을 만들면
가벼워진
너와 나
하나되어 날아간다
큰 원을 그린다

별이 되어
하늘에 닿은
나의 날개

공항에서

- 딸 마중

작은 딸
기다리는 공항의 출구에서
어느 노인 나오시듯
울어머니 오셨으면
갑자기
애달픈 마음 속울음이 흐르네

아기를 안고 나온
모습이 대견하여
얼싸안고 반기며 눈물고인
우리 모녀
꽃다발 안겨주면서
다시 보고 웃었네

산 성 가 는 길

- 진달래

산성 오르는 길가
봄꽃의 축제
열리고

산기슭마다
맑은 모습으로
서 있는
진달래
그 얇은 빛깔에
가슴 설레이는

산자락에 무리지어
비단 길
깔아놓고
애타는 여인

휘감은 바람에
넘어질 듯 휘어질 듯
시달려도

맑은 웃음
꽃가슴 지키는
진달래

화양 계곡에서

버스가 허리를 틀 때마다
굽은 길들이 펴지며
산을 밀어낸다

세상 모른 체 자라는
숲, 오월 초록에
얼룩진 무늬 씻으며 숲속을 간다

멀리 고즈넉한 마을을 가로질러
기차가 지나가고

고향 가는 길 얼핏 스쳐, 다시 보면
아득히 먼
풍경으로 남는다

가고 오는 많은 길 그 속에
우리가 있고
아직도 못다한 시름이 있네

밖의 풍경들 단호하고
아름다운데
바람이 불 때마다 아카시아
하얀산이 출렁거려
설레이는 이 저녁
오월의 한 끝이 질마재를 넘는다

장독대에서

가지 호박 썰어
장독대에 널면
채반 위에 떠오른
어머니 얼굴
밑반찬
곱게 만지시던
손길

그런 일들은
어머니 몫인 줄 알았는데
두 딸을 시집 보낸
지금
그리운 생각
때없이 눈물입니다

제 2 부

내 꿈의 꽃등 하나 달아놓고

어떤 고백

내 가슴에
가득한
그대

그대
가슴에도
가득했으면

가·득·했·으·면

흔 적

메밀꽃
애처로운 들길
여울 돌아 산자락

몸져 누운 터
초라한 세월을 보네

마당가에
고인 어둠
겹겹이 쌓인 돌담
검은 이끼 덧깨로 숨쉬고

엄나무 바람만
흩어지고
충충한
산그림자
뒤란으로 지는데

발끝에서
가을이 적막하다

*봉평 이효석 생가에서

우 리 사 랑

구르몽의 「낙엽」을
노래하며
걸었네

상수리 나무아래
소리, 소리가
쌓이고

우리들의 이야기
가슴, 가슴에
쌓였네

갇혔던
시간
지나온 무늬들
눈빛 속에
풀리고

산그림자 내리는

오솔길에서
다시, 뜨거워지는

우리 사랑

어떤 날

우연히
그 길을 지날 때
길따라 걷는 생각들
끝이 멈추지 않네
걸음을 옮길 때마다
일어서는 지난 날들
가볍게 떠오르고 가볍게 부서지는
무늬들
고개 들면 먼 하늘
그리워져

푸른 길을 감싸던 노래
들뜬 휘파람 소리 들릴 듯 들려 올 듯
아직도 그 소년은 오고 있을까
혼자 걷는 마음 아래로
쓸쓸한 설레임

이제는 멈출 수도
내딛을 수도 없는

노을,
예전 이야기 아득히 멀어져
꿈꾸는 일만 남아 있을 뿐이네

버릴 수 없는 것마저
버리며 가는 길
서서히 흐려지는
내 발자국

시를 키우면서

- 우정

너무 높아
올려 볼 수 없는
마음, 어둡고 시름겨울 때

살구꽃 그늘아래 둘러앉아
얘기했네
얘기했네

고이는 정
바다처럼 다가오고
찻물처럼 붉어지는
가슴, 초록바람 일었네

우정의 꽃밭에
정박중인 이 기쁨
무중력의 나날이네

내 안의 불꽃
시로 태우는
행복

추 억

별 헤이는
가슴 소리 들었네

꿈으로 거닐던
숲길 멀리

물 흐르듯 긴 세월
슬픈 방황으로 떠돌던
보라 빛 추억

별 하나로
가슴 그리움은
마침내 눈물처럼
애달픔일지라도

내 돌아가는 길에서
별 헤이는 이름을
다시 부르리

흔들리는 오후

긴 그늘
고요한 뜰에
잠시 나를 내려놓는다

알맞게 부는 바람
나뭇잎 흔들리고
나도 흔들린다

흰구름 바라보며
속울음 풀어 놓으면

끝없이 출렁이는 가슴
바람에 밀려오는 그리움
아련히 들리는 소리
흘러가는 흰 구름이 부럽다

고개 들면
별은 멀리 아득하고
그 바람 소리 만나고 싶어......

헤매던 발길
잠재우는 세월
흔들리는 오후가 외롭다

호 사 스 런 고 독

가랑비에
따라 울던
그런 날 있었네

실바람에도
흔들리던
그런 날
있었네

달빛, 별빛
가슴 뛰던
그런 날
있었네

배꽃지던
어느 봄날

그리움에 묻히던
그런 날도
있었네

그런 날들
모두
호사스런 고독이었네

하얀 손수건

사람들은
이별이라 말하지만

내겐
사랑입니다

주고 싶은
그대 마음

하얀 손수건

하얀 새의 꿈

접어둔 푸른 날개
오늘에 펴보면서
진종일
하얀 새는 비상을 꿈꾸었네
가슴 속
백조의 꿈을
날개 달아 날으리

밤하늘
푸른 별빛 시리게 반짝일 때
하얀 새는 밤새워
창공을 날아보네
긴 세월 묻어둔 노래
소리 높여 부르리

그 소년은

풀빛 가슴
맑은 눈
고운 생각만 했어요
그 소년은

풀꽃 엮어
걸어 주고 풀섶에서
네잎클로버 찾았어요

들꽃 한 다발
등 뒤에 감추고
언덕 길 달려오던
그 소년은

아직도
풀빛 가슴
눈으로 웃고 있어요

당신과 나

꽃향기
떨림으로 당신을 만난 세월
밤가면 새벽 오듯
그렇게 살았는데
어느 덧
서른 한 송이 장미꽃을 피웠네

드넓은 푸른 잔디 당신의
마음이고
덩치큰 나무그늘 당신의 가슴이네
알맞게
부는 바람은
당신과 나의 하모니

잠 오지 않는 밤

생각에 잠길 때는
먼 산을 본다지만
내 마음은
소처럼 되새김을 하네

눈 감아도 떠오르는 얼굴, 얼굴
시간이 갈수록
뒤척이는 몸은
갈래갈래 겹쳐진 생각들
겹겹이 쌓이는 지난 날들

세월은 이렇게 가는 걸까
창을 열고, 닫으며
수없이 분열하는 생각 속에
떠다니는 무늬들

모두가 빠져나간
텅빈 지금,
흔들리며 밀려오는 것은

편치 못한 내 마음일까
돌아보면 아득하기만 한데

깃 푸른 새들이
날아 오르면, 다시
환해지겠지.
멀리서 들려오는
새벽닭
우는 소리......

강 건너 길

물너울
출렁이는 강물이면
닿을 수 있을까……
강 건너 길
바라만 보는 아득한
그 길.

바람 길 트이면
갈 수 있을까……
강물의 노래로
건너가는

나란히 가는 길
물위에 뜬다

산사에서

산사의 밤은
물소리
풀벌레 소리만 가득하고
총총하던 별빛
여명을 펼칠 때
새벽을 여는 소리에
소원을 얹어 놓고
묵상하는
이 시간
맑은 소리 영혼
가슴 가득 차오르는
기쁨

비로소 눈 뜨는
내 안의 소리

내 꿈의 꽃등 하나 달아 놓고

세월 감아 올린
등걸마다
꽃등을 달고 섰네

몸살 앓던 기다림
잎보다 먼저
꽃을 피우고

(누가 저 꽃을
산수유라 불렀을까!)

어디쯤에
그 붉은 빛, 향이
숨어 있는지……

그대의 내음으로
익은 봄날

내 꿈의 꽃등 하나

조심스레 달아 놓고

산수유빛 하늘을
우러르고 있네

그 강변에서

갈대바람
흔드는 여기, 언젠가
그대 왔던 건 아닐까

물수제비 띄웠을
그대

강가에 가득한
그대생각, 그대
이름뿐이어서
모래밭을 걷다가
갈대 곁에 서서
속울음 쓰다듬고 있었네

바람으로
날리면 그대
만나질 수 있을까, 숨겨온
외로움 풀 수 있을까

아직도
강변은 흔들리네
내 가슴처럼

겨 울 강 가 에 서

새떼 앉았다 우- 날아가고
마른 풀들 남아
서리꽃으로 서는데

속으로, 속으로
그리움을
풀어내는 강

큰 숨 쉬어
마음을 열면
강 풀리는 소리
세상의 물결 소리

흘러 영원을 가는
강물도,
사람도,
끝없이 흐르는 것을......

아름다운

노을을 위하여
깊은 강을 보게
하시는 이여.....

강 가 에 서

물살 가르며
떠나는 배
출렁이는 가슴

무성한 사념들
강바람에 실려
달리는 마음
파도 되어
가슴에 닿네

푸른 그리움
도도한
강물 되어
사랑으로 흐르네

갈매기 노래

겨울바다 기슭을 걷노라면
가끔씩 울고싶은
마음

부서지는 파도
그 소리에 기대어
목청껏 부르는
내 노래는
다시 부서지는
파도

출렁이는 바다
목쉰 갈매기의 노래는
더욱
쓸쓸하게 다가오고

나도 모를 외로움에
가끔씩 울고 있는
나.

당신과 나의 푸른 노래

- 결혼 34주년에

흘러도, 흘러도
늘 제자리인 강물처럼
그렇게 가득한
당신과 나의 마음입니다

오늘은
안개꽃 하얀 바구니에
노오란 장미 숲을
보았습니다
촛불도 꽃같이 타오르고
참, 좋은 날입니다

살아온 세월, 당신은
능소화를 키우는 버팀목으로
온가족은 밝게 피어나는 꽃입니다

우리의 소중한 열매 곱게 영글어
시집 보낸 두 딸 이쁜 모습이고
바르고 곧게 선 아들

믿음직합니다

살아갈수록 확인되는
사랑의 깊이에 감동하는 나날
이렇게 좋은 날에는 시간을 뒤로
아득히 밀어내고 싶습니다

오늘,
뒷산의 뻐꾸기 소리
더욱 크게 들려 옵니다
언제나 푸른 당신과 나의
가슴이도록 노래합니다

옥잠화 피는 뜰에서

하얀 꽃
뜰안 가득
어머니 웃음을 보네

하얀 향기
마음 가득
어머니 향기를 맡네

꽃대 세워 일어서는
그리움
눈물이 도네

그대
하얀 꽃망울
그리움 닿게 하려나

제 3 부

가을 잎 지는 소리

봄 나비

우리 옷
입으시면 나비 같던 어머니
날마다 사운사운
앞뜰에 날아드니
어쩌면
딸 보고 싶어
봄 나비로 오셨나......

한복을 곱게 입고
잔치 집 갔었네
그 모습
닮았다며 친척들 반기시니
자매들
어머니 본 듯
나를 안고 돌아보네

라일락 필 때면

내 가슴에 파란
바람을 밀어 넣는
그대

울렁이며
울렁이며
다시 찾은
빛깔

흐르는 결에
마음 녹으면
꽃송이에 매달리는
보랏빛 추상

꽃물든 속내
눈길 충만한
기쁨

들리는 듯

들리는 듯
촘촘해지는 마음
하염없이 붐비는데

어느덧 지는 라일락

라일락 필 때면
내 영혼
언제나 마드모아젤

봄 눈

약속 없이 벌어지는 일이
얼마나 많은가
폭설 주의보!
아직 봄에
닿지 못한 봉오리들
길을 잃는다

꽃처럼 날리며
시절인 양 출렁이는 몸짓
소멸을 예감하지 못하고

나뭇가지의
꿈을 흔들어 놓는
허무한 꽃이여!

이런 날 문득,
우리네 모습이란 생각
소멸...... 망각......
그런 것들이 명상을 깊게 한다

지금은
3월
단념하듯 쏟아지는
봄 눈

4 월

봄은 소리 없는 반란
골목마다 꽃들의 시위

햇살은
담쟁이 새 순에 모였다

바람은
온 동네 우우 몰려 다니고
뒤뜰 대나무
부러질 듯 다시
일어선다

풀꽃도
활짝 피었다
어느새……
깜짝 놀랐다

햇살과 바람으로
술렁이는

한낮
꽃구름 속에 환한
4월 ·

그 속에 내가 있네

봄, 창을 열면

초록 뒤에 빗소리 들리더니
안개 젖은 산봉우리
부드럽게 흘러내린다

창을 열면
하늘 빛도 투명한
빛, 빛

햇살 몰린 뜨락엔 점 찍은
나비 한 마리

검고 딱딱한
나무들의 각질 속에서 쿵, 쿵
뛰는 소리 들린다

보오얀 잠속에서
꿈지락거리는
봄은

너무 많은 예감으로
다가와
순간 나뭇가지 끝이
날카롭게 빛난다.

봄 비

빗소리마다
하나 둘 새순 돋는
나무들은
마알간 등을 매달고
마른 잔디의 늦잠을 깨우네

지금
창 밖을 내다 보는 이웃들의
닫힌 창문 활짝 열려
마음이 부드러워지고

이 저녁
봄 밤을 건너가는 사람들의
식었던 사랑 다시 일어서리

코 스 모 스

바람, 바람 따라
저희끼리 부딪친다

둑길
한 자락에
사랑 풀어놓고

꽃잎
바람에 떨면
설레이는
가슴

꽃빛 은은히
그리움 밀려오네

어떤 봄날

말없음표
어떤 봄날
손을 잡았네

달빛 젖었지만
서러운 가슴

웃고 있어도
눈물나는
그리다만
그림
별을 헤며 살자했네

손 놓고 돌아서는
무심천,
벚꽃은
달빛아래 날리고

그 해 봄이

내 가슴에 있네
찬란한 그리움으로......

봄 바 람

창을 두드리는
너는 누구일까
누구일까

꽃가지에 맴돌더니
어느 새 여윈 등을
부드럽게 감싸주고

꽃보다 더 환한
눈빛으로
내 가슴 파고드는
너는
누구이기에
설레이게 하느냐

밖으로, 밖으로
방랑을 부추기는 바람
어디까지 갈 수 있을까 그 곳에 닿아
꽃이 될 수 있을까

문득,
허무 풀어
이름을 짓고 싶은 날엔
그대의 최면에 숨어버리고 싶다

아직도
너는
문밖에 서 있구나

들꽃 피는 집에서

망초꽃 들녘
들꽃들이 살고 있는 집

오죽(竹)은 곧은 허리 하늘 바라고
능소화 기둥 타고 오르며
통나무 의자에
앉으라 하고

보리수 열매
기다림 매달고
붉게 익었네

먼저 시든 꽃잎 달래며
서있는 들꽃들
풀향기 스쳐 오면
깃털처럼 가벼운 마음
풀섶에서 어릴 적 추억 찾는데

석양에

실눈뜨고 잠들고 싶은
오후
들꽃 한아름 휘어안은
행복한 하루……

옥 잠 화

키 큰 나무 그늘 아래
둥글게 모여 앉아
햇살을 부르네

아침 이슬
보조개 잎 사이로
보석처럼 반짝이고

넓은잎 어깨 세워 우쭐대면
익은 햇살
잎잎에 걸터앉아
살찐 꽃대를 세우네

새하얀 꽃망울
짙은 향에 젖어
잠드는 한나절

눈부신 가을

이 가을
나를 열어
사랑 길 떠날까
진홍빛 뛰는 가슴
일어 일어
눈부신 생각으로
생기나는 이 가을

한 번 더
나를 헐어
사랑 한 번 할까
무지개 뜨는 가슴
다시 다시
물보라 안개꽃
물든 가슴 번져가네

단풍잎

숨가쁘게 오르던
맥박 흐려질수록
더욱 물들고
불어오는 바람에도
한껏 태운다

안으로만 물드는
가슴, 가슴은
이 가을엔
불타고 있다

슬픈 잎새들
숨 놓는 날까지
고운 모습

단 풍 연 가

붉은감 시샘하듯
감잎은
더욱 붉어

숨겨 둔
진한 연정 나도 꺼내
달아볼까

이 가을
당돌한 단풍
내 가슴을
흔드네

가 을 잎 지 는 소 리

붉게,
뜨겁게,
물들이던 세상
어느 새
가득 쌓여 빛바랜
얼굴
잊혀지는 너와 나의
모습입니다

춤사위에 흔들린
가슴
지는 소리
쌓이는 소리
나의 그리움
나의 노래입니다

갈대밭에서

젖은 발목 물가에서
푸른 줄기를 키울 때
강가 휘돌던 바람
뿌리 흔들어
중심을 잃던 날도 있었지

방황하는 바람 재우려
서걱이는 노래
수없이 불러
목이 쉬는 날도 있었지

이제는
꿈을 키운 영토
눈부신 빛 풀어
강줄기 돌아나온 몸짓이
너에게 안기는구나

가을 길에서
나는 이렇게 설레이는데......

겨울밤

지새워도 시가 되지 않는
밤
별빛은 맑은데
푸른 영혼을 일으켜
세우는 이여

그립고 아픈
내 안의 나를
깨우는 소리

얼마를 더 가면
초록별의 전설은
피어 오려나......

그리움이
시가 되는 밤

겨 울 오 후 햇살이

햇살이 따스하게
등에 앉는 오후

정적 사이로
마음은
풀향기 시절로 가고

한나절 환한 해처럼
보고싶은
얼굴들
가벼운 어지러움
주위로 번지네

겨울 오후 따스한 햇살이
가슴까지 내리네......

눈 내리는 날

불 켜지 않아도
환한 세상
꿈이 쌓이고

뒤틀린 마음들
사르르, 사르르
매듭 푸는 소리도 쌓인다

세상은
눈 속에 갇히고

나는
그대 생각에 갇혀
소살한 그리움 쌓이고

오늘을
나는 모른다
마음은
눈 쌓인 숲으로

달려만 가고

세상은
백지로 쌓이고 있다

눈 밭에서

수묵 번지듯
어룽으로 스며든
무늬들

가던 길
문득, 뒤돌아보면
흔들린 발자국

그 하얀 빛으로
이랑 이랑 풀어 씻으면
비로소 눈 뜨는
미소

내 안에
갇혀 있던 빛
일어서는 세월

다시, 걸어가는
길

수묵으로 남을
발자국
하나

눈 쌓인 아침에

세상을
덮어버린
이런 날이면

지천명의 세월
그 길도
하얗게 지우고
다시, 걸어가고 싶다

차갑기만 한
가슴도
다시, 뜨거워지고 싶다
(흰 빛은 새 힘을 솟아나게 하는구나!)

길을 내는
선명한 발자국
하나로

눈 보 라

내가슴에
쏟아지는
그대의 미련

못다한 사랑
남김없이
쏟아 붓는 거다

단호한 선언

저 허공
어느 곳엔들
갈곳 없는
마음

날린다
날린다

내 가슴에
앉는다

선 유 도 겨 울 시 편

신선을 만나려고
물결 헤쳐 찾아간 곳

눈 쌓여 앉은 빈집 겨울
길손 반가운 듯
고요에 젖은 온누리
수묵화로 펼쳐있어

굽이굽이 도는 길
작정없이 걸어드니
갯벌에 주저앉은
폐선의 신음소리
이제는
사위는 세월 스쳐가는 바람 뿐

저 허공
머언 길에 그리움 실려내니

해 넘는 고운 물빛

흰 가슴 물들고

선유도
맑은 바람은
가슴 가득 번져갔네

겨울 숲

유리알 겨울 숲에는
보이지 않던 길이 나 있고
새벽 안개 숨쉬는 사이
산등성이가 조용히 출렁거린다

길 따라 걸으면
산책하는 사람들 정겹고
기척에 놀란 숲새들
푸득이며 바위쪽으로 날아간다

제 무게에 겨운
산비탈
고목
싸늘하게 식은 낙엽들
상처 입은 나무들
우우 잔가지 부러지는 아픔

가슴 한 쪽이 찌르르 울린다

실눈 뜨고 내려다보는
겨울 나무들, 저마다
묵묵히 기다리는
세월

내 마음의 길 끝에는
생각의 잎사귀들이 돋아나고

숲에서 깊은 삶을 품는다
나는.

제 4 부

꽃을 말리며

산 책 길

쏟아지는 고요를
즐기는 이 밤
슬픔도 아름다운
노래가 되는
길

안개 외로운
달빛 속을
걸어오는 이여

빈 바람 적막에
물든 그림자
이슬에 젖네

꽃을 말리며

지난 날 이미 버린 숨결
오늘 다시 버려야 하는
아픔을 본다

모든 것
다 내어 주고
알몸으로 매달려
부끄러워한다

바라 본 허공은 어지럽고
조여드는 몸 신음하는데
흔드는 바람 사이로 또 다른 길이
열리고 있음을 아는지……

바람은 냉정하게
실핏줄마저 말릴 때

또다른 세상
빛깔대로 일어서려는

몸짓을 한다

어느 바람 불어 와
저 언덕 어디

다시 꽃 피고 싶은
마음을 본다

길 . I

봄볕을 이고 도는
길은
어느 모롱이에서
이어져 왔을까

내 시집오던 길
돌담 밑엔
채송화 피고
달빛이
박꽃 되던 길

지금은
아스팔트 거리

가로수 그늘에 오후가
머물면 크고 작은
발자국 가득하고

나, 그 길을 걷네

이방인처럼

골짜기 물 흐르듯
그렇게
내리고 있네

길 . 2

까치 소리에 자란
우리 아이들, 내일처럼
약속을 하고

산다는 것
이렇게 조금씩,
조금씩 헤어지는
연습을 하는

우리 속에 녹아 있는
이 길
돌아보면 아득히
눈물 도는

길 위에 선
내 영혼
뒷모습을 위하여
오늘도 가고 있네

육교 위에서

마을 앞을
차들이 달린다
그 뒤를 시간이 쫓아간다

출렁거리는 육교 위에서
현기증을 느낄 때
자동차들 두눈 부릅뜬 채
계속 내 달린다

아득한 그림자를 끌며
흘러가는 시간 …

말없이 간다
오늘이

나의 마음 속에는

밤하늘이 있습니다
달 뜨고
별도 뜹니다

강물이 흐릅니다
슬픔도 띄우고
추억도 띄웁니다

오늘은
하늘을
가득 담았습니다

솔 밭 에 서

아 - 시원스러워
이렇게 누우면
하늘이 닿을 듯
흰구름 떠가고

무지개 꿈 나의 노래
솔밭 끝
파-란 바람
가슴은 두근거려

솔잎 사이로
눈부신 햇살 쏟아지고

거기
나만이 볼 수 있는
무지개를 띄우네

그 길은 어디에

토담 밑
박꽃길이 지금은 아스팔트
봄볕을
머금고 돌던 길은
어디갔나
가로수 늘어진거리
나도 걷네. 지금은

들꽃의 노래

이제는
벌 나비
비바람 소나기도
무섭지 않아

이름없이 피어
숨결 뜨거운 가슴

한송이 꽃망울
바람일면 흔들리다
햇빛 내리면
하늘 보는

봄
여름내 피워 올린
꿈

들길 가득 퍼지는
꽃들의 노래

분재원에서

- 소나무

마디 마디에
신음하는 소리
들립니다

가지마다
굵고 긴 쇠줄 운명에
슬픔 맺혔고
몸 떨었습니다

깊은 상처
운명처럼 서 있는
빛깔 없는 모습
속 울음으로 흐릅니다

앓고 견뎌온 세월
살고 싶은 소망

자유를 노래하는
작은 가슴

솔향기 날리는
드넓은 산하
청정한 소나무로
갈망 하는 나날

그날을
기다립니다

담쟁이를 보면서

오르다 떨어지곤 했지
매달려 있던 날도 있었지
(어느 바람에 올라설 수 있을까)
뒷걸음치는
모습도 보았네

힘들고 어렵게 오르던 날
햇살 새 순에 모여
꿈을 키워 주었지

풀벌레 소리
달빛 머금고
무성한 잎에 윤기 흐르는 세월
(정착해야지)
부르짖는 소리도 들었네

수없이 오르고 떨어지는
뒤집혔던
날들

벽 안쪽에 두고

잎잎이 붉게 물들어
온통 붉은 융단을 만들었네

계절의 끝에서

우우
밤바람 소리
나뭇잎 다 떨어지겠네
밤 깊어도
서걱이는 대바람 소리에
얇아진 가슴 잠들지 못하네

쏟아져 내린 단풍잎
몰고 가는 저 바람
어쩔 수가 없네
떠밀리는 내가 보이네

가슴을 흔드는
그 모습이 빛나서
내 마음 멈출 수가 없네

계절의 한 끝에서
잔잔한 떨림으로
더 먼곳을 기다리네

수 목 원 에 서

아침 고요 산책길
속삭이는 길 따라 걸으면
크고 작은 근심들 밀어내며
마음은 점점 추억 속으로

봉숭아 백일홍 뜰이 반기고,
엉겅퀴 진한 꽃심 고향 둑길 그리워
머리감아 말리던 징검다리
그네 타던 유년
뛰놀던 풀밭......

들꽃들이 살고 있는
동산엔
물소리, 새소리, 바람소리......

돌아오는 발자국마다 비추는
햇살
모두가 사랑스러운 것을

매 바 위

- 제부도에서

갯벌에 앉아
근심 속에 살고 있습니다

온몸
갈라지는 아픔
상심은 더욱 깊어지고
살점 떨어져 쌓이면

조금씩
풍화되는 세월
우울증 앓고 있습니다

밀물 차 오르면
또
바닷물에 절어
부서지는 몸

슬픔은 커가고

오랜 고뇌
홀로
젖어 젖어
앉아 있습니다

일어서는 숲

- 2월의 숲

숲은 암적보라 빛
바람은 가지 끝에서 부는지
숲은 흔들리지 않고

키 큰 나목 빽빽히 들어선
그 숲을 올려다보면
가슴 두근거려
어떤 숨결 있기에 불길처럼
하늘로 솟는 힘
그 숲을
나는 보았네

스치는 것마다 끌어안으려는
들뜬 가슴은
초조하고 조심스런 심호흡

크고 작은 근심 밀어내고
오직 싹트기 위해
그렇게 힘을 모으는 소리

조용히 술렁인다

추웠던 빈 가슴
가지마다 푸른 잎 매달고 싶어
햇살당겨 봄을 부른다

산 소 가 던 날

싸리꽃 무리지어
향기로 지키는
그곳
길섶 들꽃이
지천으로 피었네

솜털 보오얀 할미꽃은
안고 싶은 어머니
귀 기울이면
그 음성 들릴 것만 같아
가슴은 숨을 작게 하네

날아 오르는
새떼
발 끝에 이는 풀잎들
모두가 그대로인데……

세월 텅빈 들길에서
서성이는 내 모습

연못가 풀숲에
노을이 물들면
눈물도는 그리움

발길이 흔들리네
노을 속을 가네

사각 하늘

강변 돌아 돌아
찾아온 길
산 그늘 내리는
조용한 집

대청 마루에
사각 하늘 내려앉고
오죽에 의지한 거미의 삶
안도의 숨을 쉬네

텃밭엔 콩이랑 영글고
장마에도 끄떡없이
봉숭아
백일홍 폈네

땡볕을 견디는
들꽃의 몸짓

보라 색 도라지 꽃
아련한 추억......

* 양수리에 있는 찻집

억새꽃 언덕에서

머물 줄 모르는
바람
그 언덕 흔들고 있었네

그대의 빛에 안기듯
물결쳐 오는
그리움
억새바람에 풀고

하얀 언덕에서
꽃씨를 날리듯 내 마음
날려 보냈네

억새꽃 붉은 숨결에
은빛가슴
무한으로
흔들리고 있었네

대 나 무 를 보 면 서

밤새도록 눈을 맞으며
서있는 대나무

휘어 늘어지면서
부끄러운 여인으로 서있네
(순간 순간을 털어버리지 못했을까)

거센 바람 그
기세
천근 무게로 내려
속죄하는 모습으로 서 있네
(저항 할 수 없는 힘에 체념했을까)

꿈속처럼 서 있는 대나무
눈 털어 푸른 얼굴 보이네
서슬 푸른 소리, 더 푸른 빛으로
안 보이던 내가 보이네
(다시 일어 설 것을 예감했을까)

양 수 리 에 서

갈 길 멀어
서성이는 양수리
하늘 밀어 올리듯
멈출 수도
흐를 수도 없는 강물

돌아보면
다시 시작되는
물길
깊어진 소리 들리면
하얀 가슴 두근거린다

묵묵히 돌아가는 길목에
갈대의 영토 열리고
출렁일수록 깊어지는 뿌리
제자리 지키려는 삶

세월 안고 흐르는
물풀들의 노래

강 끝에 서는
눈 부신 햇살
강물 위로 흩어진다

바 람 부 는 날

잎이 흔들리지 않는다고
바람 없는 날이라 말할 수 있는가

눈부신 곳에
마음 빼앗겨 있을 때 바람은
창을 넘어와 모든 걸
흔들리게 한다

햇살 밀어넣으며
들어서는 바람에 잠깐씩
열리는 나의 창
닫으면 또 한 쪽이 열리고

수시로 흔들리는 안과 밖의
서성이는 생각들
오늘은 가만히 불러모아
책상 앞에 앉힌다

바람 부는 날

흔들리지 않는 나뭇잎 있을까
흔들리지 않는 것이 어디 있는가......

남도 나들이

1
밤기차 여행길은 세월을 되돌렸지
설레인 가슴들이 정적을 깨우더니
어느 새 영산포 새벽 별빛들이 반기네

2
해남 땅 돌아 돌아 찾아간 땅끝마을
토말비 산문 열어 전망대 올라서서
세상사 근심 걱정을 멀리멀리 던졌네

3
보길도 머언 뱃길 그 옛날 유배의 땅
지금은 들뜬 파도 넘치는 사람물결
고산의 어부사시사 흘러 고인 세연정

4
완도는 멸치 자랑 진도는 남농 자랑
대교밑 울돌목은 길손의 발길잡고
남도 땅 진도 완도는 좋다 좋다 다 좋다

5
두륜산 대흥사 앉고 선 비문 위엔
서산대사 말씀에 그 모습이 어리었네
산사의 맑은 샘물에 비춰보는
내 모습

시의 꿈을 찾은 사람의 행복
― 김재분의 시

채 수 영
시인. 한국문학비평가협회 회장

I. 시를 향한 구도

시가 인간에게 행복을 전달할 수 있다는 것은 자의적(恣意的)이고 선택적이다. 왜냐하면 시는 결코 누구에게나 문을 열어주는 인심 좋은 동네 아주머니는 아니기 때문이다. 시를 좋아하는 것은 고도의 지적작업일 뿐만 아니라, 시를 창작하는 것은 항상 고뇌와 아픔 그리고 때로는 참담한 절망의 늪을 건너야한다. 그렇다해도 시의 얼굴은 항상 어른거리는 신기루일 뿐만 아니라 때로 깊은 수렁을 벗어날 수 없는 속성을 갖고 있다.

시는 정신의 가치이지 현실의 이득을 위하는 것이나 물질가치가 아니다. 정신의 힘은 위대하고 어떤 것보다 강력한 힘을 발휘하는 것이 시의 효능이다. 고난과 역경이 당도했을 때 일어나는 힘을 제공하는 것은 물질이 아니라 정신의 힘이라면, 시는 이런 때, 시만의 자리가 있다.

> 너무 높아
> 올려 볼 수 없는
> 마음, 어둡고 시름겨울 때
>
> 살구꽃 그늘아래 둘러앉아
> 얘기했네
> 얘기했네
>
> 고이는 정
> 바다처럼 다가오고
> 찻물처럼 붉어지는
> 가슴, 초록 바람 일었네
>
> 우정의 꽃밭에
> 정박중인 이 기쁨
> 무중력의 나날이네
>
> 내 안에 불꽃
> 시로 태우는
> 행복
>
> ─「시를 키우면서」

시가 왜 김시인에게 활력과 삶의 새로운 의미가 될 것인가를 가늠하는 시이다. 너무 높다고 생각했던 대상에서 친근하고 정겨움을 느낄 수 있었고 또 시인과 동화할 수 있는 시의 새로움을 발견할 수 있다는 계기-'우정의 꽃밭'에서 시와 새롭게 대면하는 기회로부터 시는 김시인에게 가장 다정하고 다감한 의미를 제공하면서 시와 시인의 관계는 밀착된다. 이런 본질에서 볼 때, 김재분의 시를 읽다보면 시의 어떤 힘을 느낄 수 있게 된다. 방황에서 돌아온 사람에게서 느끼는 힘-그 원인을 찾아 점검하는 것이 본 논지의 임무이다.

2. 시를 향한 열망

1) 꿈을 찾아가는 나그네

꿈이란 이루어지는 것보다 멀리 있을 때, 오히려 아름답게 보인다. 이는 대상과 일정하게 떨어진 거리distance를 단축하기 어렵다는 이유-꿈이 아름다운 이유는 붙잡았기보다는 오히려 대상과 마주할 수 있는 이유에서 아름다움의 요소는 더욱 간절하게 남는다.

꿈꾸는 자는 건강하다. 부족을 메우는 것은 꿈을 키우는 원인이 되고 꿈의 이름은 항상 인간을 아름다움으로 꾸미는 근본이 되기 때문이다. 아름다운 꽃조차도 겨울의 시련을 통해서 봄날의 아름다움을 시현(示顯)할 수 있다는 이치는 비단 인간만의 예는 아닐 것이다. 김시인의 시는 그런 꿈찾기와 회상의 구조가 두드러진다. 이는 그의 삶의 이력에서 나오는 음

성일 것이다.

> 햇살이 두려운 나는
> 온 몸을 말아 넣고
> 속으로, 속으로만 잦아들어
> 이 꿈 저 꿈 꾸어보면서
> 살아온 나날들
>
> 껍질 단단한 작은 집에서
> 날개를 꿈꾸면
> 가슴을 비집고 들어오는
> 바람
> 가느다란 손끝 내밀어
> 젖은 길을 찾을 때
> 이슬 내린 넓은 잎새 뒤에서
> 부르는 소리
>
> 꿈만 키우던 나는
> 손끝에 닿은 기쁨 하나 둘..........
> 눈, 귀, 입 다 열어
>
> 먼 곳의 나의 꿈을 부른다

—「달팽이의 꿈」

위의 시는 겸손한 고백이 함축되었다. 스스로를 달팽이라 칭했고, '두려움'으로 꿈을 꾸었지만 실상은 그 꿈의 실체에 대한 자신을 갖지 못했던 나날들로부터 달팽이의 껍질을 벗고 새로운 변신의 계기―'부르는 소리'에 이끌려 햇살의 공간으로 나온 기쁨을 만끽―자신감을 가지면서 시인에의 꿈을 달성하기 위한 에너지를 투척하는 모습이 보인다. 이는 '꿈만 키우던 나는'에서 '손 끝에 닿은 기쁨'을 확인하는 순간에 가슴을 열어 시의 신을 마중하기 위해 정신을 집중하는 김시인의 시는 그만큼 탄력을 가진 표정으로 우리 앞에 설 수 있는 원인을 발견하게 된다, 이는 시의 꿈을 달성함으로부터 인생의 숨죽였던 모든 대상이 다시 살아나는 기회이자 새로운 삶의 활력과 상통하게 된다면, 이는 방황이 가져다준 선물일 것이기 때문에 소중한 꿈의 실현이 될 것이다.

접어 둔 푸른 날개
오늘에 펴 보면서
진종일
하얀 새는 비상을 꿈꾸었네
가슴 속
백조의 꿈을
날개 달아 날으리

밤하늘
푸른 별빛 시리게 반짝일 때
하얀 새는 밤새워
창공을 날아보네
긴 세월 묻어둔 노래
소리 높여 부르리

―「하얀 새의 꿈」

꿈을 향한 열망이 비상(飛翔)의 구체적인 형태를 갖추기 시작한다. 다시 말해서 목적을 설정하고 그 방향으로 실현될 꿈을 향하는 의지가 보인다. '접어둔 푸른 날개'에서 '비상'을 위한 이름이 백조라는 고귀한 뜻을 첨가할 때, 아름다움과 더불어 선망의 중앙에 이르게 된다. 이런 기쁨은 '날개 달아 날으리'에서 더욱 신념의 농도는 짙어지고 다시 하얀 새로 상징된 순수의 이름 – 창공의 푸른 색채의 대비가 더욱 명료함으로 다가든다. 이는 '긴 세월 묻어둔 노래'를 꺼내는 일이기 때문에 애착과 사랑의 이름이 더욱 간절해지는 소중함이기도 하다. 김시인에게서 시는 귀중한 생의 가치이자 삶의 의미인 것처럼 빛나는 이름인 것 같다.

2) 자아로 가는 여행—나르시스

소크라테스의 「너 자신을 알라」를 운위할 필요도 없이 인간의 일생은 자기를 어떻게 발견하는 가의 여부에서 생의 질(質)이 달라진다. 다시 말해서 자기 스스로를 알면 생의 모든 것을 터득한 의미 – 숙성한 사람이 되는 것과 같다는 의미일 것이다. 그처럼 자아의 발견을 지난(至難)한 일이고 또 생의 영원한 숙제가 된다. 그렇다면 자기란 무엇인가? 이는 세상의 중심이고 또 대상을 인식하는 주체라는 점에서 철학의 시작이고 또 마지막일 것이다. 자기에 대한 인식은 곧 우주를 구성하는 모든 인자(因子)를 내포했기 때문에 무게를 가지고 있으면서도 또 무게를 갖지 않는 역설적인 존재일 것이다.

산다는 의미는 나를 발견하는 일이고 또 나를 발견하는 일은 나를 버리는 일이기 때문에 인간의 철학은 항상 미궁(迷宮)을 헤매는 방황을 떠날 방도가 없게 된다. 김시인의 시는 이런 나르시스의 의식이 두드러지는 특색을 갖고 있다. 다시 말해서 자기애(自己愛)의 정도가 때로 꿈을 제조하는 방편이 되기도 했고 또 시인으로의 길을 선택하는 중요한 요소가 된 것 같다.

실바람에도
흔들리는
얼굴

바람 구름
물 위에 뜨면
흐르고 싶은
욕망

쏟아지는 달빛
그 간절한
파문

기나긴 외로움
산 그림자
가슴에 안던
날

— 「호수」

호수의 맑음은 마음의 평정에 이른 경지를 뜻한다면, 그 세계는 관조(觀照) 혹은 침잠(沈潛)의 경지에 도달해야 한다. 부단한 노력과 인내를 투척한 다음에 소망의 대상을 끌어들일 수 있기 때문이다. 가령 '실바람에도/흔들리는/얼굴'의 암시는 안정을 갖지 못하기에 미풍에도 흔들리는 고통을 감내하는 역할-- 호수의 파문은 진정될 수 없는 지경에 이른다는 뜻이다. 그러나 이런 상황은 곧 흐르고 싶은 '욕망'을 앞세워 자기 수련 혹은 대상을 결합하기 위한 헌신의 노력이 숨겨진 뒤에 3연의 '파문'을 재울 수 있는 길을 확보하게 된다. 이런 형상은 기나긴 외로움과 슬픔을 견디고 난 뒤에 비로소 거대한 '산 그림자'를 가슴에 '안던 날'로 이미지는 고정된다. 결국 호수가 거대한 산 그림자를 포용할 수 있다는 것은 시적화자인 호수 즉 시인의 노력과 희생 혹은 끝없는 연찬(硏鑽)의 결과로 달성된 상징인 셈이다.

물
한 컵 따라 놓고
들여다본다
별빛도 담아 놓고
들여다본다

문득
부끄러워지는
나

마신다
별빛도
마셔 본다

물빛
별빛
내 가슴에

이 저녁
밝아지는
마음이여!

― 「이 저녁 사색」

   나를 발견하는 득의(得意)로움은 인생 승리자의 이름을 붙일 수 있다. 이는 방황과 우회의 길을 돌아서 발견하는 일이기에 보람과 기쁨이 있을 것이라면 물 한 컵에서 우주는 발견된다. 단순한 개념의 공간이 아니라 축소된 개념의 '물 한 컵'일 때, 시인이 생각하는 사유의 넓이가 설정된다. 때문에 '별빛도 담아 놓고'의 상징이 주는 뉘앙스는 곧 천상의 이미지에 귀속되면서 고귀한 자아(自我)로 돌아가는 길을 확보하게 된다. 그러나 이내 부끄러워지는 자아의 인식은 사유의 넓이가 그만큼 확대된 암시를 갖게 되고 다시 별과 물빛의 의미가 조화된 경지―망아(忘我)의 지경에 이르면서 '물빛'이나 '별빛'이 '내 가슴'에서는 모두 '밝아'지는 깨달음의 환한 세상을 맞게 된다. 김시인은 갈등과 고뇌의 길을 지나온 이후에

자기를 새롭게 발견하는 시점으로부터 자기에 대한 확신의
길을 제시하게 된다.

　　　밤하늘이 있습니다
　　　달 뜨고
　　　별도 뜹니다

　　　강물이 흐릅니다
　　　슬픔도 띄우고
　　　추억도 띄웁니다

　　　오늘
　　　하늘을
　　　가득 담았습니다

　　　　　　　　　　　　　―「나의 마음속에는」

　'밤하늘'을 호수로 바꾸면 이 시의 제목인 '나의 가슴속에는'
에 무엇을 담으려 했는가를 짐작하게 된다. 달과 별은 천상의
이미지로 고귀함을 연상하는 이미지이고 또 시인의 소망을
뜻하는 순결한 상징물이다. 달은 여성적인 이미지이고 또 다
이내믹하기보다는 정적(靜的)인 섬세함을 연결하기에 김재분
의 시에는 자주 등장하는 상징물일 뿐만 아니라 별빛과 결합
하여 빛으로 전파되는 심리적인 특성을 뜻하고 있다. 어떻든
하늘 즉 가슴속에는 흐름의 이미지인 강물과 추억 또는 살아
왔던 모든 이미지들이 복합하여 오늘에 이르는 길을 만들었

고 다시 하늘을 가득 담았다는 결론에 이르게 된다. 하늘을
담았다는 상징은 그 마음의 평정심이 생의 모두를 수용하는
태도에 가까워진다는 것과 상통된다. 그만큼 스스로를 바라보
는 태도에 안정감을 가졌다는 상징성이다.

3) 가족 사랑

가족의 단위는 자기의 최소단위를 뜻한다. 다시 말해서 나
의 단위를 가장 작게 축소했을 때, 가족의 의미는 보다 선명
하게 의미를 갖게 된다. 홀로된 나의 의미가 아니라 일정한
구성원으로서의 사랑과 화목이 있을 때, 가족의 의미는 뚜렷
한 나의 의미가 되고 이때로부터 행복과 사랑의 의미는 나를
벗어나는 상징성을 획득하게 된다.

김재분의 시에는 이런 암시가 명료하게 정리되어 있다. 그
만큼 가족을 사랑하는 자기애의 또다른 발언인 셈이다.

우리 옷
입으시면 나비 같던 어머니
날마다 사운사운
앞뜰에 날아드니
어쩌면
딸 보고 싶어
봄 나비로 오셨나.....

한복을 곱게 입고
잔치 집 갔었네

그 모습
닮았다며 친척들 반기시니
자매들 어머니 본 듯
나를 안고 돌아보네

　　　　　　　　—「봄 나비」

　어머니가 봄 나비로 환생하는 이미지 — 우리 옷을 입은 어
머니의 추억과 오버랩하고 있다. 물론 나비 같은 모습의 「나」
로부터 연상되는 어머니의 고운 모습이 오늘의 아름다움을
유산으로 물려받았다는 고귀성의 이면에는 어머니에 대한 추
억과 사랑이 들어있기 때문에 절절한 심정을 의탁하게 된다.
　1연에서는 어머니의 모습이 봄 나비로 환생하고 2연에서는
나의 모습이 어머니와 결합할 때, 파생하는 이미지가 고귀성
을 더욱 부추기는 연상기법으로 시의 구조가 탄력감과 안정
감을 갖게 된다.

가지 호박 썰어
장독대에 널면
채반 위에 떠오른
어머니 얼굴
밑반찬
곱게 만지시던
손길

그런 일들은
어머니 몫인 줄 알았는데

두 딸을 시집 보낸
지금
그리운 생각
때 없이 눈물입니다

                — 「장독대에서」

  장독대의 이미지는 둥근 항아리와 채반이 동일한 원(圓)의
이미지로 비유된다. 이런 원의 모습은 곧 어머니의 얼굴과 겹
쳐지고 다시 그리움을 일렁이게 하는 계기를 갖는다. 이 같은
추억의 회상구조는 다시 현재성의 시점으로 돌아와 어느 새
어머니의 몫이 내 몫으로 전환된 시간의 도치(倒置)된 현실을
깨달을 때, 삶의 애달픔을 더욱 어머니의 그리움을 부추기는
느낌을 배가하게 된다. 이는 어머니로부터 깊은 정감을 외면
하지 못하는 시인의 심성을 확인하는 부분이기도 하다.

     꽃향기
     떨림으로 당신을 만난 세월
     밤 가면 새벽 오듯
     그렇게 살았는데
     어느 덧
     서른 한송이 장미꽃을 피웠네

                — 「당신과 나」에서

  남편을 향하는 시이다. 사랑의 일념으로 평생을 살아온 관
계를 감사와 애정의 마음이 표백된 것을 '꽃향기'로 상정(想

定)한 의도가 아름답다.

　가정은 중심이 있어야 한다면 남편에게서는 그런 줄기를 발견할 수 있을 만큼 신뢰가 구축되었고, 자식들을 잘 키운 감사의 마음이 다음과 같이 표현된다.

　　　우리의 소중한 열매 곱게 영글어
　　　시집 보낸 두 딸 이쁜 모습이고
　　　바르고 곧게 산 아들
　　　믿음직합니다

　　　　　　　　　　　　　―「당신과 나의 푸른 노래」

　사랑과 화목한 가정은 그만큼 행복의 바탕이 되기 때문에 귀중한 의미를 갖는 공간이다. 억지로 만드는 것이 아니라 조화점을 발견하면서 서로 사랑하는 가정은 곧 삶의 의미를 펼치는 초점으로의 가정이 된다. 김재분의 가정은 시집 간 두 딸의 예쁜 모습과 곧게 자란 아들의 믿음직함으로 행복의 정점(頂點)을 구가하는 노래가 된다. 그만큼 땀흘리면서 지켜 온 남편과의 사랑이 개화(開花)했다는 의미로 바꾸면 행복은 남다른 의미일 것 같다. 「세월」이나 「공항에서」의 딸에 대한 애정 「길·2」엔 아들에 대한 상념 등을 진솔하게 표현하고 있는 행복한 풍경화이다.

4) 사랑과 그리움의 오솔길

 시는 현실을 나타내는 사진이 아니다. 한 송이의 꽃에서 사랑을 상상으로 엮어 아름다움으로 포장하는 기교는 현실이 아니라 상상의 일부를 전체로 키우는 상념인 것이다. 다시 말해서 체험의 일부에 상상을 더하면 시의 맥락을 이루는 결과로 나타난다. 김재분의 시에는 그런 흔적들이 상당한 분량을 점하고 있어 시인의 재능을 나타내는 표정으로 보인다.

> 내 가슴에
> 가득한
> 그대
>
> 그대
> 가슴에도
> 가득했으면......

>   —「어떤 고백」

 짧은 소품의 시이지만 고백 속에는 할 말이 다 들어있다. '내 가슴에/가득한 /그대'는 확인되는 나의 마음이기 때문에 확신과 신념의 의도를 뜻한다. 그러나 나에게 향하는 마음은 정확하게 파악할 수 없기 때문에 가정법인 희망 '가득했으면'이라는 소망을 띄우게 된다. 이런 마음은 애태움이고 또 시의 아름다움을 형상화하는 요소로 작용한다.
 그리움은 이유가 없이 무작정 다가오는 것이다. 그런 그리움이 다음과 같은 시로 우리 앞에 선다.

무엇을 주려고 그렇게
다가오느냐

노래를 싣고 오더니
무지개를 달아주더니

오늘은 또
무얼 주려고 달려오느냐

노을 젖은 그리움
눈물을 싣고 왔구나
아픈 추억 밀어 올리는 바람
이별을 싣고 왔구나

또 무엇을
이제 또 무엇을
그렇게......
달려오느냐

—「파도」

오는 것이 생소하고 낯선 것일 지라도 언젠가 젖어지는 것
이 그리움의 요소일 것이다. 시인에게 그런 감수성은 시를 이
룩하는 상상의 진원이 사랑의 감정이다. 김시인에게서는 풍부
한 수원지를 갖는 감정이기 때문에 항상 화려한 의상을 걸치
고 출몰한다. 「파도」는 그런 사랑의 상상력이 다양한 모습으
로 변모할 뿐만 아니라 끝없이 다가오는 형태로 나타나기 때
문에 시의 성격을 부드러움으로 포장하는 언어 기교가 되는

셈이다. 비록 이별을 앞세워 떠났을지라도 그리움의 파도가 되어 다가오는 이름이 곱게 채색되었을 때 이별이 아니라 현재의 착각으로 전환한다.

김시인의 사랑 형태는 먼저 그리움—별이나 달 혹은 흰빛의 형태로 나타나고 이 형태는 물의 흐름에 따라 근접(近接)하는 형태를 띈다. 여기서 사랑의 이름으로 추억의 문을 넓히는 형태를 취하는 것이 일반적인 형태이다.

갈대바람
흔드는 여기, 언젠가
그대 왔던 건 아닐까

물수제비 띄웠을
그대

강가에 가득한
그대 생각, 그대
이름뿐이어서
모래밭을 걷다가
갈대 곁에 서서
속울음 쓰다듬고 있었네
바람으로
날리면 그대
만나질 수 있을까, 숨겨온
외로움 풀 수 있을까

―「그 강변에서」中

김재분의 시의 형태는 흐름으로 일관한다. 다시 말해서 다이내믹하지만 그 내용은 안으로 정적(靜的)인 안온함을 갖는 특성이 있다. 다이내믹함은 흐름이 주도-강물과 바람이 주요한 모티프를 제공하기 때문에 유동적이고 또 화려함을 장악하는 이유가 여기에 있다. 정지태의 시(詩)이기보다 변화를 주도하는 강의 흐름에서 소년의 추억을 되새기는 「그 강변에서」와 「강가에서」의 푸른 그리움의 사념(思念)을 띄우고, 「강 건너길」이나 「갈매기의 노래」등은 모두 흐름의 이미지로 전달의 기능을 수행하는, 강과 그리움이 연관된 시들이다.

5) 계절의식-봄과 가을

봄, 여름, 가을, 겨울의 계절은 저마다 특징이 있다. 이를 시에 수용할 할 때는 일정한 특성을 가지면서 시인의 개성을 표현하는 도구로 계절이 이용된다. 신화비평의 경우를 빌릴 이유는 없지만 김재분의 시는 봄의식이 유다른 빈도를 가지고 나타난다. 이는 로맨스의 신화적인 암시를 뜻한다. 「라일락 필 때면」이나 「봄눈」 또는 「봄 나비」, 「4월」, 「봄 창을 열면」, 「봄비」, 「어떤 봄날」, 「봄바람」 등 상당히 많은 시에 봄의식의 출몰은 곧 시인의 사랑 의식과 밀접한 상관을 갖게 된다.

> 내 가슴에 파란
> 바람을 밀어 넣는
> 그대

울렁이며
울렁이며
다시 찾은
빛깔

—「라일락 필 때면」

　봄의 화려함이 은유로 환치(換置)되어 다가온다. 아름다움
을 굳이 형상화할 까다로운 이유도 없이 자연스러운 표현미
를 만나는 즐거움이기 때문에 상상의 길이 넓어지는 느낌을
갖게 하는 요소들이다. '파란 바람'으로의 봄과 바람이 그대가
되어 내 곁으로 울렁임을 주는 신명(神明)에 이르는 길이 자
연스럽게 열려진다. 이는 김시인의 시적 재능이자 언어운용의
남다른 재주일 것이다.

말없음표
어떤 봄날
손을 잡았네

달빛 젖었지만
서러운 가슴

웃고있어도
눈물나는
그리다만
그림
별을 헤며 살자했네

—「어떤 봄날」

김재분의 봄의식은 사랑의 마음을 불러오기 위한 공간적인 배경을 이루면서 추억을 떠올리는 환경조성의 의미를 갖는다. 달이나 별이 떠오는 것은 이런 사랑의 마음을 포장하기 위한 도구적인 의미이면서 시의 기능을 한층 원활하게 지속하는 윤활유의 역할을 느끼게 할 때 부드러움의 요소가 연상된다. 이런 시의 특성은 김재분의 유연한 정서를 표상하는 상징의 도구가 될 뿐만 아니라 생명체의 탄생을 유도하는 생동감을 이끌어오는 계기를 봄의식으로 장악한다.

가을은 조락(凋落)의 비극성을 일깨우는 상징으로 시화(詩化)될 경우가 많지만, 김재분의 경우는 이런 상식적인 경우를 외면하면서 역시 사랑의 애달픔에 매달린다.

이 가을
나를 열어
사랑 길 떠날까
진홍빛 뛰는 가슴
일어 일어
눈부신 생각으로
생기나는 이 가을

— 「눈부신 가을」

안으로만 물드는
가슴, 가슴은
이 가을엔
불타고 있다.

— 「단풍잎」

두 편의 가을 시에는 모두 사랑의 진한 감정이 은유되었다. 봄은 봄의 화려한 치장을 하는가하면 가을은 가을의 무드로 채색된 시의 표정이 서글픈 애조로 나타나는 이유가 주로 외로움, 고독감 혹은 부재(不在)한 사랑의 상상이 결합하여 추억으로만 가려는 길이기 때문인 것 같다. 순수와 진솔한 마음은 항상 슬픔의 표정을 나타낸다. 다시 말해서 소녀적인 감성에서 나타난 그리움과 사랑의 상상이 언제나 페이셔스함으로 시의 촉수를 흔든다는 뜻이다.

3. 에 필 로 그

시의 주요한 역할이 독자에게 사랑과 꿈을 주는 임무라면 김재분의 시는 그런 요망에 가장 합당한 노래가 된다. 스스로를 찾아 나서는 나르시스의 꿈을 찾아가기 위한 동기가 될 뿐만 아니라 이의 구체적인 형태는 그리움 혹은 사랑의 이름에 다가가기 위한 동기가 된다. 이런 형태는 강이나 바람 등의 도움을 받아서 그대를 향한 메신저의 임무를 수행한다. 정많은 추억의 재생을 위한 노력—투명하고 아름다움으로 의복을 입은 봄이나 가을 의식도 모두 꿈의 실현인 사랑의 이름에 다가가려는 의도이지만 상상이 창조한 김재분만의 감수성이기 때문에 그의 시는 독특한 이름으로 기억될 것이다.